# Ein Löffel Leben

## Holger Burda

# VERLAG 2020

Impressum

Originalausgabe
Foto: H. Burda
Mai 2001
© Verlag 2020, Münster
Alle Rechte vorbehalten
Webseite: http://www.Verlag2020.de
Herstellung: Books on Demand GmbH
Printed in Germany
ISBN 3-9806872-1-X

# Ein Löffel Leben

## Holger Burda

104 Gedichte

VERLAG 2020

Holger Burda, geboren 1975 in Beckum/Westfalen, lebt und arbeitet derzeit in der Universitätsstadt Münster. Vielfältige Aktivitäten in der Jugendarbeit und das Studium der Germanistik und der Katholischen Theologie sind prägend für das lyrische Werk.

In den Texten soll entdeckt werden, was jeder Mensch wissen und fühlen sollte: das Leben ist kostbar. Es ist so verschieden und abwechslungsreich, wie wir es sind.
Begegnungen mit Menschen und der Natur bringen immer wieder einen unvorstellbaren neuen Geschmack ins Leben. Wir nehmen Geschmack an und geben Geschmack. Jeder hat seine eigenen vielfältigen Nuancen, die zeigen, wie einzigartig alles Leben ist.
An jedem liegt es, sich für das Leben einzusetzen, damit es für alle genussvoll sein kann. Voraussetzung für den Genuss muss der freie Wille jedes einzelnen Menschen, seine Freiheit und die Einhaltung der Menschenrechte sein. Durch unser offenherziges Empfinden und Denken können wir in diesem Sinne unsere Sicht auf die Mitwelt und unser Handeln ändern.

Bisher sind von Holger Burda erschienen:

... zu lauschen. Gedichte. Karin Fischer Verlag, 1998

gegen den krieg. 21 gedichte. Verlag 2020, 1999

Ich habe eine einfache Philosophie.
Fülle, was leer ist. Leere, was voll ist.
Kratz dich, wo es juckt.


Alice Roosevelt Longworth (1884-1980)
Amerikanische Gastwirtin

ZU DEINER SÜSSE

Ein weites Bett
bespannt mit Sehnsucht
das ich beliege und bewache
für meine Träume
die noch kommen

EIN SCHÖNES LACHEN

mit Grübchen
und aprikose-brauner
Haut mit
orange-dunklem
Haar
Ich hoffe, ich sehe
sie wieder

## WIEDERGEFUNDEN

Las von einem Pinguin
der mit roter Mütze
übern Marktplatz ging

Es kam ein Foto
von ihm
in die Zeitung

Worauf sich seine Liebste
bei ihm meldete
Sie wurden glücklich

MÄDCHEN J.

Mädchen J.
Traum und Wirklichkeit
Mädchen J.
Fernwehansagerin
Mädchen J.
Sonne und Himmel
Mädchen J.
Sommerfunkenlacherin
Mädchen J.
Liebe und Glück
Mädchen J.
Jetztleberin
Mädchen J.
Schönheit und Ideal
Mädchen J.
Menschenkind

EIN TAG

Dieser Tag hat sich gelohnt

ein Gottesdienst

ein Glühwein

eine türkische Pizza

so     wie     nie

und die Zeit dazwischen

UNBEKANNTE SCHÖNE

Ich sah in Deine Augen
    Ein Blick
und Du schautest zurück
    Ein Blick
    in meine Augen
und was taten wir
    immer wieder
    diesen Abend
    als dieses
    stundenlang
ich weiß nicht, wer hier wem
    nachgeschaut hat
ich weiß nicht, wer hier wen
    gefangen hat
doch Deine Augen
    vergesse ich nicht

## AUF DEINEN SPUREN

Deinen Namen kannte ich nicht
auch nicht Deine Stimme
ich wusste nichts von Dir, dachte ich

Du aber schliefst in mir
als ich Dir begegnete
und Du mich entdecktest

Jetzt will ich Deinem Beispiel folgen
und auch Menschenfischer werden
der Wunsch war in mir

ZUSAMMEN LEBEN

Um wie viel wohler fühlt der Mensch
wenn er nicht allein für eine Sache steht
nicht allein für sein Leben
nicht allein die Kunst beschafft
nicht allein kämpfen muss
nicht allein die Wege geht
nicht allein denkt und fühlt
nicht allein spricht und wartet
Um wie viel mehr
ist erst dann der Mensch
Mensch

HASTIG

Wie groß muss das Glück wohl sein
dass wir ständig an es denken
und von ihm schwärmen, als würden
wir alles Paradies auf Erden
in einem Atemzug besitzen wollen

## WARTEN AUF DEIN WORT

Ich warte auf Deine Antwort
Wie ein Stummer auf seine Stimme
Wie das schöne Wetter auf den blauen Himmel
Wie der Sommer auf die Sonne
Wie ein Liebender auf seine Liebste
Wie ein Bauer auf die Ernte
Wie die Linde auf das Liebespärchen

## IM FRÜHLING

Ein paar Tausend Male den Regen gehört
mich unendlich schlagend und treffend
die roten Blätter des Mohns sprengte er ab
und die Bienen drückte er erschöpfend zu Boden

Ich rannte durch den Garten und wurde nass
lachte und dachte, er sei fruchtbar
vielleicht zynisch
doch sein ständiges Klopfen und Hämmern
an Schläfen und Sinnen zermürbte
bestimmt auch meinen Frühling

Ich hob die Bienen und Blätter vom Boden
und legte sie auf die ersten Tage des Juni
dort trocknete die Sonne auch mich
zum ersten Mal hörte ich sie

DIE UNBESCHREIBLICHKEIT

Mit keinem Wort Deiner Schönheit zu genügen
und kein Einfall dies annähernd zu tun
weder genial noch göttlich oder natürlich
alles wäre Anbiederung und Gleichmacherei

Es wäre eigene Gefälligkeit und Gefallsucht
*Deine Schönheit* überhaupt auszusprechen
unheilig entzaubernd zu gebrauchen
und zu versprechen, als sei sie Handelsware
*bunte Federn* für billige Kostümierung

Ich tue dies hier, um Plädoyer zu halten
für die Unschuldigkeit *Deiner Schönheit*
und für die Beherztheit *Deines stillenden Seins*

LIEBESGEDANKEN

Morgens stehe ich auf
    und sehe Dein Bild vor meinen Augen
        und lege Liebesworte auf Deine Lippen

Mittags esse ich
    und verschlinge die wenigen Sekunden
        und bin nicht satt, sondern liebeshungrig

Abends lege ich mich hin
    und träume Filme von Dir und mir
        und säusele Liebesgeflüster auf Deine nackte Haut


        und so vergehen die Tage
            erst ist es sie, dann eine andere
                und bald darauf gibt es ein Morgen
da BLEIBT ein DU bei mir

## WIE ES GEHT

Ich werde zum Melken gefahren **und**
liege im Bett **und**
denke an Goethe **und**
Brecht **und**
kriege einen Bleistift **und**
einen Stapel weißes Papier **und**
die Anweisung zum Schreiben **und**
es soll Geld bringen **und**
ich zeichne nur Geliebte **und**
Gedanken in Anthrazit **und**
keiner merkt dass ich dichte **und**
wie Goethe **und**
Brecht

## EIN EINZIGER EINBLICK

So viel Staub fliegt durch die Luft
ich sehe ihn vor dem Licht der Lampe
und ich identifiziere Planeten und Sterne
die um mich herum fliehen

nicht lange - vielleicht eine Millisekunde –genug

um ein Menschenleben
darüber zu rätseln

ANDERS

WENN MIR FLÜGEL WÜCHSEN
   DAFÜR KEINE HAARE
ICH DURCH DIE STRASSEN FLÖGE
   NACKT WIE EINE LIBELLE
DABEI DIE SCHÖNSTEN LIEDER SÄNGE
   WIE EIN GOLDNER ENGEL
UND SCHILLERND WIE EIN KOLIBRI
   IMMER NEUE BLÜTEN LIEBEN WÜRDE
ICH WÄRE EIN GEFUNDENES FRESSEN
   FÜR DIE GIERIGEN UND NEIDER

UND TROTZDEM MÖCHTE ICH SO SEIN
   WEIL ES SCHÖN IST

SPINNEN

Ich sehe schon den ganzen Tag
Im Augenwinkel Spinnen
Sie krabbeln über Orangen
Schränke, Schubladen, den Schreibtisch
Wenn ich scharf hingucke sind sie
Schon wieder weg, wo
Ich suche sie, sie sind schneller
Vielleicht sind sie in den Dingen drin
Tatsächlich - ein Kribbeln der Dinge
Sie haben ihr eigenes Leben

# NATUR

Draußen blüht der Mandelbaum
ein viertel Jahr zu früh
ob der weiß, tiefster Winter ist

Draußen blüht der Mandelbaum
Drinnen spricht man über Brecht
In der Uni studieren sie
nicht schlecht

Draußen blüht der Mandelbaum
Der ist der Einzige im Schnee
Auf der Straße staunen sie
nicht schlecht

Draußen blüht der Mandelbaum
im Januar
doch er hat Recht, der blüht

# KARABBELT

Eine Fliege, wie die anders ist
die nicht gegen Scheiben fliegt und ins Helle ohne Kopf
die lieber am Grün der Pflanzen karabbelt
die sich ausruht, putzt, genießt
das ist diese Fliege Linde
die heute fröhlich lebt
die morgen wieder stirbt

UNSER SUCHEN

Dieses Treiben der Menschen ohne
Sein wie Ameisen im Glied
wie Reiskorn an Reiskorn gelegt
von einem zum anderen Punkt ohne
Sinn, scheinbar

Die Sehnsucht nach dem verlorenen Teil
eilt, eilt, eilt. Nur wenige wissen, dass es
das Ganze nicht gibt

So befindet sich der größte Teil in
Bewegung, mal hin, mal her, in der
Hoffnung auf den Reisen, die Ruhe
mit dem Verlorenen zu finden

EINBLICK

Ich sitze am Tisch

und schaue
in das Fenster
in das Dunkel
in das Windige
mutig und zweideutig

und erblicke
ein Grinsen
ein Lachen
ein faltiges Gesicht
glücklich und frei

Ich sehe mich

# ENDLICH

Kein Morphin
Keine Betäubung
Klare Gedanken
Klarer Schmerz
Der weite Blick
Der Anfang des Suchens

Es war nicht lange
Jetzt kommt es
Ich musste lange
Gegen das Ende weinen
Jetzt sagt es mir
Es sei schon längst vorbei

NOCH EINMAL

Sie sagte mir, sie liebe ihn nicht mehr
Sie weinte und war sich sicher
Sie erzählte
und las alle Reste von Liebe vom Boden
und liebte

eine einzige Chance noch

ESSKULTUR

Kirschbaumflecken selbstgemalt
geröstet in den Köpfen
Mäusedreck gewaschen
verziert mit Leberblut
Vogelflügel leicht verwest
paniert im Schneckenschleim
Echseneier schwarz flambiert
getränkt in Lebertran
Es wird gefressen
nein, es wird gespeist
zu Hühnersaft und Hundebrei

LEBEN

Mir fällt heute schon wieder nichts ein
und setze mich vor einen Bogen Papier

Ich sehe Wolken die Wolken am
blauen Himmel jagen
und auf dem Feld neben den
junigrünen Eichen drischt man
den Weizen

Ein Liebespärchen geht spazieren
Vögel zwitschern und der Mohn
blüht am Wegesrand - nichts
Philosophisches, nichts Konstruiertes
nur Leben, Leben, Leben
wie man danach sehnt

ZWISCHENSUMME:50

Zwischenzwischen den Löchern im Asphalt
einen fußbreitbreit Mensch Mensch ich
von Insel zu Insel springspringend
imim Kreuz und vorvor der Stirn du dudu
kein Gehdanke weit mehr mehr selbst
weg und hinhin und weg
hin und wegweg und hin und
und einen Zeh langlang verversunken unken
im Regenloch mit AlliAlligatoren

## SO WEIT

Du bist im Osten die Sonne
ich im Westen der Mond
und zwischen uns die Welt

Wie soll ich jemals an Deiner Farbe
schmecken und hören, was Du denkst
Soll ich Dich nur mit dem lieben
was alle von Dir erhalten
Bin ich nicht einer von vielen, der es versucht

Zwischen uns liegt die Welt
tausendmal anders und
tausendmal schöner als ich

IN MIR ERKANNT

Ich Narr
um wie viel reicher ich war
als alle anderen, die ich beneidete
für mich gab es Menschen
die waren da
als ich lachte und weinte
es sind Seelen, die bleiben
Freunde

# GELIEBT

geliebt
geliebt sein
geliebt sein wollen
geliebt sein wollen und
geliebt sein wollen und nicht
geliebt sein wollen und nicht lieben
geliebt sein wollen und nicht lieben ?

was ist das
geliebt sein wollen und nicht lieben
das ist Angst

# HUNDERT METER

0Ein Zeichen von Dir100
über hundert Meter
freien Raum
heißer Juniluft
von Deinem Balkon
zu meiner Fensterbank
verzerrt die Häuser
bringt mich ins Schwimmen
lässt Straßen kochen
das Herz rasen
im Sprint zu Dir
Häuserblocks zerschmelzen
Sehnsucht verdampfen
Deine Stimme ist Zauber
Dein Kuss ist Erfüllung
Lippen vibrieren
wir liegen im Bett
100das ist ein Traum0
über hundert Meter von mir
stehen Sterne heute Nacht
über Deinem Balkon

EIN GUTER DEALER

Ein weißes Haar am weißen Himmel
Gott haart mal wieder
Eines sinkt auf mein Bett
Ich rauche es und bin high
g<sub>e</sub><sup>i</sup>le b<sub>u</sub><sup>n</sup><sub>t</sub>e <sup>W</sup>iesen und <sub>V</sub><sup>ö</sup>g e l , <sup>g</sup>r<sub>e</sub>ll, <sub>i</sub><sup>c</sup>h

g<sub>l</sub><sup>a</sup><sub>u</sub>b<sup>e,</sup> <sup>u</sup><sub>l</sub>tr<sup>a</sup> ab <sup>e</sup>g<sub>f</sub>ahr<sup>e</sup>n<sup>e</sup> <sub>S</sub><sup>t</sup><sub>i</sub><sup>mm</sup><sub>e</sub>n <sup>z</sup>u h<sup>ö</sup>r<sub>e</sub>n

Es ist der Alte
Er vertickt mir für meine Seele
Eine Packung Weißes

FRÜHSTÜCK


Ich bin zu einem Frühstück eines berühmten
Dichters und Fotografen eingeladen
und sinne darüber, welchen Sinn es bringt

Erst einen frisch gepressten O-Saft, dann
einen Kaffee, erst dann wird mir der Ertrag
deutlicher, ich genieße das Süße und Deftige

Und versuche den Arrangeur nicht zu beachten
wie ich die Eischale vom Inneren trenne

Ich danke für die Einladung und denke
wieder zum Abendessen eingeladen zu werden

NICHT GANZ

Einen Tag fuhr ich raus aufs Land
Einen Namen brachte ich mit in die Stadt
Egal wie viel Lichter
Egal wie viel Musik und Dekolletees
In der Luft vibrierten
In Kneipen, Bars und Theatern
Wo ich tanzte, stand oder lag
Nicht ging mir ihr Name, nicht dieser Tag
Aus dem Kopf, aus dem Kopf
Nur geträumte Bilder durchzuckten
Das Vergessen der übrigen Zeit

EIN LEHRER

Von Deinem Gesicht lerne ich Detail und
Weite
Von Deinem Schritt lerne ich Pause und
Marsch

Von allem lerne ich ein bisschen und mehr
Bis ich das bemerkte
hatten schon Generationen von mir gelernt

## MEINE FREUDE

Eine Träne voll Glück verlieren
für Dich und für mich
weil mein Herz hüpft
und mein Gesicht glüht
wenn Du mich ansiehst
weil ich die Freude nicht fasse
die Du mir bereitest
sie mich kitzelt, dass ich
außer Atem bin vor
so viel Sehnsucht nach
Dir

VERLIEB

Wie ich Deine Blusen mal
    wie ich im Malen mich verlier

Wie ich Deine Haare schnupper
    wie ich im Schnuppern mich verzauber

Wie ich Deine Brille träum
    wie ich im Träumen mich versicher

Wie ich Deinen Namen sprech
    wie ich im Sprechen mich verlieb

Wie ich Dein
    wie ich im       mich

Ist das leichte Glück schon heute

EIN

Ein Wort und wir würden uns verzaubern
Ein Lidschlag und wir könnten uns nicht vergessen
Ein Lächeln und wir könnten uns verlieben
Ein Blick und wir würden uns vergucken
Doch all das lassen wir
Und gehen aneinander vorbei
Wohl im Gedanken, wir könnten uns verlieren

## SO KOMMT ES

Saß auf meinem weinroten Gartenstuhl
und trank eine Tasse heißen Bananentee
guckte hinunter von der Terrasse auf Dein Haus
und war erstaunt, Du warst zu Hause
wolltest eigentlich verreist sein, nach Indien
und erst im September zurückgekehrt sein
voll Freude trank ich hastig den Tee
und sprang auf und ging eiligst zur Tür
erst da fragte ich mich, was Dir wohl passiert ist
Krankheit, Enttäuschung oder geheime Liebe zu mir
ich ging die Stufen hinunter zum Haus
klopfte, Du machtest auf, noch schöner denn je
Du packtest die Sachen, Du wandertest aus

ZU SPÄT VERSTANDEN

Eine Träne fiel mir auf den kleinen Zeh
u    n    d        l    a    g        d    o    r    t
u    n    d        l    a    g        d    o    r    t
und irgendwie nicht einsam
denn selbst mein kleiner Zeh verstand sie
S    i    e        l    a    g        d    o    r    t
bis ich dachte

                    sie könne gesehen werden
Ich schüttelte sie ab

                                    vor Scham


Mein kleiner Zeh war von da an einsam
denn er hatte sie mit Herz verstanden

WINTER

Die Gedanken verschwimmen
im Schnee das Knirschen
beim Gehen verschlucken

Altes in der neuen Welt
beim Lieben erkennen
die Klarheit der Momente

STADTZEITUNGEN

So unwahrscheinlich ist es nicht zu sterben
die Zeitungen sind voll von Toten
oder von denen, die es noch werden
Wo die alle herkommen
Heidelberg, Berlin, Marseille*
Zündete man sie an
ihnen flösse Blut aus den Zeilen
und der Geruch
verbrannten Menschenfleisches
läge in der vertrauten Luft

Sie überleben
denn es gibt viele
die weiterschreiben

und viele
die weiterlesen

* eine zufällige Auswahl

NOTWENDIGE VERALLGEMEINERUNG

Auf den Lippen der Politiker
leben Amöben nicht schlecht
und es sterben dort schon
die Worte der Großherzigkeit

Weder Verantwortung
noch das rechte Maß
nur Macht und Gier
liegen dort zusammen

Dreck und Verrat
koalieren und kopulieren
zu großen Massen
die Totales über alles wollen

Dafür sagen sie alles
was andere wirklich glauben

IM ZIMMER

Ein todkranker Mann im Bett
dabei die wartende und tröstende Frau
Der Arzt tritt aus dem Sterbezimmer
und greift zum Beileid am schwarzen Hut

Bevor er geht, als sei es geschehen
meine Frage an ihn   *Ist er tot*
Er   *Nein, sie*

IN KÖLN

Auch die Tauben staunen
über Menschenmassen
doch irgendwann sitzen sie gelassen
über jenen auf Laternen
und gurren über ein
erspähtes Bratwurststück

Am Eingang zu Karstadt
bevor die Stadtreinigung anrückt

Ob die wissen
dass sie beobachtet werden

Aus dem BurgerKing
wo man über Grün, Rot
Abfall und Kernenergie philosophiert
dort, wo man nicht weiß
ob die Produktlinie
bei McDonalds besser zu vertilgen ist

Die Menschenmassen verlassen
die Stadt Punkt vier

Und eine Taube fliegt
zum Bratwurststück vor Karstadt

ABLEBEN

Es hinkt der Invalide in sein Grab
und ein Toter kriegt Gesellschaft
so oder so mit Kaffee und Klatsch
und Marie Sorglos flötet
*Oh vergiss mein nicht*
aber nicht an diesem, sondern am
Nachbargrab, wo das Ewige Licht
das Wachs einfordert
Ich gebe 2 Euro für beide Gräber

EINGESCHRÄNKT

Rannte in den verregneten Straßen der Stadt
und sah mich in den Fensterscheiben laufen
auf der Haut verliefen Regen und Schweiß
und mit ihm die Angst um den Krieg

Dachte ans Morden, bevor ich ins Bett ging
und putzte und legte die Waffe ans Bett
dabei glaubte ich, mich hätte jemand gesehen
und riss am Vorhang und sah im Fenster mich

NOCH

| | | |
|---|---|---|
| Durch die | Straßen der | Wind |
| der die | Haare der Ärmsten | bewegt |
| und den | | Müll |

UNTER UNS

fasse in die Erde und fasse eine Leiche
höre Stimmen in der Stille
gequälte leise laute Schreie
das ist ein Wald aus Menschenasche
die Erde gibt sich hin
nicht nur meinem Tritt
alles bricht in diesem Schweigen

# ENTSCHIEDEN UNENTSCHIEDEN

Schlafe und schlafe doch nicht
ich denke ich schlafe doch ich denke
Denke und denke doch nicht
ich denke ich denke doch ich schlafe
ich schlafe und ich denke

denkt es ich schlafe
denkt es ich denke
denke ich es denkt
denke ich ich schlafe

ob ich schlafe oder denke
ob es denkt oder schläft

es weiß nichts über mich
ich weiß nichts über es

ich weiß es nicht mehr

oder

## WIDERSTAND

Gedankenflug am Feuer
löst dem Entsetzten die Zunge
zum Schrei

Ich sehe kinderlose Kinderhemden
im Schrank meiner Väter
und breche in mir Bruch gebrochen

Gefesselt vom Feuer reißen
Organe, Augen und Sin
ne
etwei
dem Betrachter, Gefangenen
Erinnernden
den Scheiteln Menschen

das Feuer ist so heiß
dass wir nicht merken
dass wir auch frieren

die Menschen versagen im eigenen Land
am meisten
millionenfach

# SIE WOLLEN NICHT

Was er *Mein Eigentum* nennt
brennt
Und wieder lachen alle
und glauben nicht
was er erzählt

OHN

Ein Einziger wurde gebrochen
an diesem Stein
gezwungen sich selbst zu brechen
Kein Einziger
Eine Endlose Reihe von uns
und ich erschrecke mich beim
Fall eines Blattes E

WEIMAR

Falke, Villa, Goethe
Fichten, Sonne, bl.
Himmel, Lerchen
Ruinen, Papa, Hagebutten
Koch, ro. Äpfel

Ein Weg nach
Auschwitz

DER SPEER

Mit einem Speer bewaffnet steht der Indio da
auf dem Land, das ihm gehört
ohne Macht

vor den Feuerbaggern der Menschen
die ihm alles rauben

die Hütten und Bäume, Dörfer und den Wald
in Schutt und Asche legen
damit die Kühe fressen
und der Indio stirbt

# ETWAS LYRIK

Alles Gedicht hat sein Leben
aus der laufenden Wirklichkeit
dem Weitschweifigen

Das Lyrische kulminiert
in einem Höchstmaß
von Technik und Gefühl

Bevor die äußerste Form
ins Redselige der Epik
zurückfällt

# EINE VORSTELLUNG VON VIELEN

Kein Atem stand am Herzen

Es hing von der Decke
wurde von Scheinwerfern beschienen
spielte wieder eine Rolle
in einer tragischen Komödie
vor begeistertem Publikum
das im Lachen anfing zu weinen

Schon zum 1000sten Male

Es hing einsam und fror trotz
aller guten Kritiken und seiner
fabelhaften Stellung im Ensemble

# EINER, DER SICH SICHER IST

Hörte heute jemanden
von zehn Punkten der Liebe reden
der morgen vorschlagen wird
jeden zu vierteln

# FRÜHER UND HEUTE

Früher schwitzte ich Süße
Heute schwitze ich Gewürze
Früher weinte ich Hässlichkeiten
Heute weine ich Liebe
Früher glaubte ich nur an eine Liebe
Heute glaube ich an Liebe
Früher war ich wandelbar
Heute bin ich veränderlich
Früher lebte ich Jahre
Heute lebe ich Momente

AUF DER AUTOBAHN

Eisige Luft und kaltes Metall
an den Fenstern mit Aschern
heute Nacht
zieht der kleine Wagen
schneller als der Große
vorbei
an einem Fenster sitzt
Lise, sie ist alt
wie die Zeche nebenan
die wird bald weggerissen
und dann das Geäst
im Mondschein
und die Sterne
die wir nicht mehr sehen
in ihrer unschätzbaren
Nähe
an den Fenstern erkennen
wir nicht viel mehr als
Nichts
im Kosovo oder anderswo
ist es dennoch eisiger
als hier

## DIE STÄDTER

Nichts von der Dunkelheit und den Sternen
entdeckt, nur das Grelle und Zuckende, Vib-
rierende und Bumsende

in den Straßen hängen Reklamen, von den
Häusern, rechts, links, über der Straße, eine
Manege zeichnend, in der Autos und Pas-
santen wie Affen gegen Tiger kämpfen

Affe, Tiger, Zuschauer, Käfigbesitzer
sind sie alle, die Uhr gibt
ihnen Zeit, Gelegenheit, Chance oder Zerriss

**Manege frei** *für das eigene Leben*

ERFAHRUNG

Klar, fast ohne Gedanken ist mein Denken
Klar, fast ohne Gefühle ist mein Fühlen

Ich sehe, ich weiß, es ist
Ich sehe nicht, ich weiß nicht, es fehlt

Die Welt ist erschlossen und im Recht genehm
Denn ich frage nicht zu meiner Beunruhigung

In befreienden Tönen nach Neuem

AUTONOM

Wahllose Geschichten
von willkürlichen Wahlen
sind üblich
wenn über die alte Zeit
anekdotenhaft
Geschichte gemacht wird
(wenn dies noch geschieht)
Demokratie
ist Geschichte für uns
Heute ist das
ICH

# BEI SO EINER LIEBE

laufe ihr entgegen
die sich auf ihrer süße
wohlig bettet
und merke wie der tau
an meinen füßen
zu meeren wächst
fühle wie die wiesen
sich um meine zehen
wickeln
wie ich gefesselt
ertrinke
bei so einer liebe

NICHT WANKELMÜTIG

Wach auf, Du kleiner Zinnsoldat
Wach auf, Du weißt noch nicht

ES IST KRIEG
ES IST KRIEG
ES IST KRIEG
ES IST KRIEG
ES IST KRIEG
ES IST KRIEG
ES IST KRIEG

Deine Brüder sterben schon
und Du stehst noch immer da
und lebst

GEWISS

Es sagte ein Professor
*Aus Ihnen wird noch was!*

*Ja,* dachte ich, *ein Häufchen Asche*

# HARTE WORTE

Süßes Kind im Mutterleibe
trägst schon Deinen Schein
mit Rückgrat und unverstanden
golden mit stolzem Haupt
wovon Dir nichts mehr bleibt
denn Dein Leben wird bald
vorbei gerichtet sein

LOGISCH

Um des lieben Friedens willen Nichts sagen
heißt Feigheit
Um des lieben Friedens willen Alles sagen
heißt Anbiederung
Um des lieben Friedens willen Recht sprechen
heißt Engagement

# EIN LÖFFEL LEBEN

Ein Löffel Leben
ist alles mit Dir gelebt
und reicht für zwei
die einander lieben

Ein Löffel von dem
was die Liebe bestellt
ist Schönheit, die gebärt
ist tausendmal mehr wert
als das, was die Liebe zerstört

THEATER

Auf der Straße schwimmt der Mond
und im Theater wird gespielt
ein selbst geschriebenes Stück
76

Erst schwimmt er ganz leicht
und dann im Fluss
Im Theater jubelt das Publikum
und dann geht es begeistert hinaus

Die Schauspieler feiern Erfolg und Mut
und mit einem Blick auf die Straße
sehen sie den Mond
wie er beim Tröpfeln
sich in den Wellen wiegt

Hinter der Tür des Theaters schwelgen
Erinnerungen bei mir
Im weiteren Hintergrund Musik und fröhlicher Tanz
bei Zigarette und Bier

Und ich höre einen Kenner sagen
mir schiene die Sonne aus dem Arsch
Bevor ich wieder rauche, tanze und lache

Der Jahrhundertregen macht das Theater nass
aber auf der Straße fließt lässig der Mond

VERGEBENS

Die Stadt ist zu groß, um Dich je
noch einmal zu sehen, sah
von der Ruine am Neckar
vorbei in die Weite
und in die Stadt, sah nichts
außer verstummten Steinen, doch
die Sonne schien
wie aus dem                              Herzen
                     Dich , ich
hüpfte    wie    eine Taube
zwischen den Beinen
der Masse in den Straßen
der Stadt beim Abendgang
der Sonne, doch kein Blick
oder Wesen von Dir
nur ein Tritt

## ICH HÖRE IN DEN HIMMEL

geborgen, wie ich die Sonne sehe
und in ihrem Glanz und ihrer Wärme
die Seen und Berge vernehme

spüre ich Rosen und Lilien
Veilchen und Margeriten
Rosmarin und Zypressen

wie das Blut und die Liebe
wie die Lieder und die Tiefen
wie das Leben und die Höhen

es soll nie mehr vergehen
ich will es nie mehr verlieren

# TROTZ ALLEM

Es gibt Tage, an denen auch die bunteste Welt
durch wenige Worte getrübt
vielleicht sogar zerstört wird

Es gibt Tage, an denen auch die heilste Welt
uns spüren lässt
als stürbe jemand in uns selbst

Es gibt Tage, an denen auch die leiseste Welt
Dir noch sagen muss
dass Du schreien musst

LUSTWANDLUNG

Ernesto nahm einen Pflasterstein
voll Zorn und Lust aus seinem Weg
und warf ihn über die Mauer
in den Garten der ewigen Unschuld

Wo nichts mit Samen befleckt war
und wo die Jungfernzeugung
beim Spazierengehen noch
in aller Stille beobachtet werden konnte

Ein Reservat der Seltenheit*en*

Der Pflasterstein lag
wie ein schweres Zeugnis im Garten
und schwängerte diesen
mit der leidenschaftlichen Wirklichkeit

Er vertrieb die Unterdrücker der Lust

JAHR DER LIEBE

In den Wäldern des Frühlings
rauschen die Blätter im Wind
und glänzen mit der Frische des Lebens

In den Wäldern des Sommers
schauen die Blätter die Sonne
und sammeln im Grün das Glück des Lebens

In den Wäldern des Herbstes
sterben die Blätter dem Boden
und fliegen im Tode des Lebens

In den Wäldern des Winters
liegen die Blätter im Schnee
und hoffen auf das Leben im Leben

# VIELLEICHT ERST DANN

Niemals erinnere ich mich so wie heute
an das heute Morgen, Nachmittag, Abend
Und ich will es nie vergessen dieses Heute
als ich Dir in die Augen sah
Dein Gesicht und Deine Stimme ins Herz legte
wie süße Früchte

Aber ich weiß, ich werde dieses Heute in seiner
Klarheit
vergessen
und nichts mehr
von den Bäumen wissen
die aus den Früchten gewachsen im Herzen stehen

Vielleicht werde ich erst dann
sie
wieder entdecken
wenn die Früchte der Bäume fallen

vielleicht

## DAVOR DANACH

Davor
Herzverzwickt Liebe
Und hinterher im Bett
Dass die Federn die Stile
Und die Liebe zum Ersten Mal
Die zärtliche Achtung
Und das Himmlische
Körperechte Liebe
In allen Farben
Ein andermal
Danach

SKLAVEN DER ZEIT

Wie ich auf die Uhr so sehe
werden meine Sinne schwer
wird mir schwindelig
nichts ist leichter als das
bei all den verpassten Gelegenheiten
bei all den verträumten Träumen
bei all den verschlafenen Augenblicken
bei all den abwesenden Erinnerungen

Bei meinem Leben, ich kann es doch ändern

# Vier Mauern ins Glück
eine höher als die andere

und dieses winzige ich

steht  umschlossen  von  diesen

ÜBERLEBENSFRAGE

Aus der Ewigkeit keinen Strauß bunter Blumen
nur das Wage von Mehr hinter dem Nichts
wo es anfängt, wenn alle Logik am Ende
 86

Doch was ist es, wohin wir alle vergehen
wenn wir dem Mammon gedient gelebelt
sonst keinen Sinn mehr sehen als den Lauf der Natur

Ist es die madige Erde, die uns auffrisst
wofür wir geboren, Sinn bedenken
für alle Zeit vergessen so tun, als seien wir wichtig

Ist hinter dem Leben vielleicht wirklich das Nichts
so bleibt das Leben, das zu leben ist
so bleibt Dir Mut, denn es ist alles oder nichts

Ist es Gott, ist es im Letzten nicht anders
es bleibt wirklich nur einmal das Leben
auf Erden, um menschlich zu werden

# DAS LEBEN

Alles geht seiner Wege
es lebt und stirbt
es ist und war
die Erde kreist
die Sonne fliegt
Du sagst
Du kennst es
Das Leben

# NOCH EINEN LÖFFEL LEBEN

Die Falten werden immer faltiger
an meinen Händen, in meinem Gesicht
und mein Körper immer durstiger nach ihm
nach ihm, das ein unerklärliches Wunder ist

Menschliches Leben

Und ich nehme noch einen Löffel Leben
aufregendes, wildes, unzähmbares freies Leben
wie Medizin gegen die Zeit
einen Löffel nach dem anderen
Glas um Glas
Eimer um Eimer
und immer größere Gefäße
um schließlich ganz Welt zu sein

Es wird alles faltiger
da Erinnerungen gut weggelegt werden
und es wird alles durstiger
weil man sich aufbäumt gegen den Tod

Ist es nicht schön zu leben

AM GARDASEE

Ich hörte Wellenschlag
am Ohr das Sausen
sah den See
Italiener Eis verkaufen
dachte an sie
an ihr Lieblingskleid
und sah die
Spatzenpärchen
wieder spatzelnd
laufen

FANTASIE

Ausgeschlafen dieser Himmel
          wie er uns heute ansieht
als schauten wir durch ihn so fremde Länder
          wie Griechenland und Atlantis
und ihre weißen Säulen vor den Pinien

Seine Wolken mit Leichtigkeit
     im hellblauen Laken aufgeworfen
sind wie die Herden Simbabwes
          die über unseren roten Ziegeldächern
auf der fruchtbaren blauen Weite weiden

Hier und da galoppieren Nachzügler
                              hinter der Herde
bis wir sie nicht mehr sehen
          ein Himmel wie ein Meer

In der Ferne          die mächtigen Berge
mit ihren  Schneegipfeln

Ich denke an die Alpen und Anden

Und die Ziegeldächer
          sind die Lava speienden Vulkane
               Japans, Italiens, Islands
und am Horizont die Sonne


                    Hawaiis

UNTER DEN LINDEN

Mein Haar fliegt im Wind
des Ventilators
im Café sitzen Literaten
palavern und hetzen Wespen
von Erdbeerschnitten und Keksen
auf die Straße sehen sie
in den Schatten der Linden
wo verliebte Flaneure
ihre bessere Hälfte becircen

Sie atmen tief in der Hitze
des Mittags
in Berlin liegt Frühling
trinken Weiße und schwärmen
von Juninächten und Wannsee
bis zum Pariser Platz sehen sie
unter den Blättern der Linden
wo Herzen florieren
sich küssen und scherzen

PANAMA

auf den kleinen und großen
bananenblättern das licht
der morgendlichen sonne
vernommen, betrunken
vom zuckerrohschnaps
in den fluss gespuckt
die glocken zum sonntag
läuten gehört, den tabak
gerollt und geraucht
da sah ich sie
in einem roten kleid
und verliebte mich

JANUAR

Kein Impuls geht von den Dingen aus
        es ist, wie man es sieht
        und ich sage, der Januar ist der Klarste
        wie eine helle, durchsichtige Farbe
        nur den Zustand erfassend
        nichts Neues, nichts Altes
        keine Veränderung
        aber unheimlich nah ohne Emotion
                Die Dinge erkennen sich selbst

OHNE GRUND

augenschmerzen am rand des universums
sind unheilbar, und die grünen männchen
die gesehen werden, sind nur im kopf
und dort spinnen sie sogar im schlaf

völlig überdreht stieren die augen nach
v           o           r           n
und als man am eirand des alls alltägliches sieht
einen rücken, beine und einen schädel

flippt man aus, denn man sieht einen außer
irdischen, der ausschaut wie WIR

IN BURGUND

Nichts ist anmutiger als die Kirche in Romanik

Gegen den weißblauen Himmel
den ich durch diese
aus burgundischen Steinen
gebaute Gebetswölbung betrete

Grandios Wie Gott
Darin Wohnt
Einsam Und Gefroren

Als Hausmeister ist er wirklich nicht schlecht

Die Decken halten
Die Stürme der Jahrhunderte
Wie eine Mauer

IM WINTER

Kein Halm blühte im Winter
Der Forst wärmte keine Sau
Fallende Eiszapfen bohrten sich tief
In die Eingeweide der Schneemänner
Auch die Frauen hatten nichts zu lachen
Ihnen froren die Lippen zusammen
*Scheiß Winter dieses Jahr* dachte ich
 *- wie immer - jedes Mal*
Ich ging steif zurück nach Hause
Auf das erste Summen einer Biene
Wartend

UNSERGLÜCK

Einglück angeweint vor Freude
bis es mich wieder küsste
und ich es armte

97

Vor Freude in die Luft gesprungen
nach den Sternen geschnappt
und einen erhascht

Haben ihn nicht losgelassen
wie das Himmelgesetz der Liebe
und sind verloren gegangen

Einglück meinte, es sei
noch nie so glücklich gewesen
und ich meinte es auch

# KEINE KLEINE LIEBE

ich schaue in die Unendlichkeit des Himmels
in das Blau, in das Dunkelblau, in die Sterne
und ich weiß bald nicht mehr, was ich liebe
mir ist, als würde ich alles lieben
wie all die Jahre auch
fühle ich nur einen Satz   *ich liebe Dich*
und liebe nun dabei die Welt

DIE WELT SEIN

Es zerbrach ein Herz in
Tausend
und es wuchsen alle
Tausend
zu ganzen Herzen
dass alle
Tausend
alles liebten
was sie begehrten
und alle
Tausend
waren in einem Menschen
und der war eins

und er ist gezeugt
bis auf den heutigen Tag
um zu sehen
wie Himmel und Erde
aus Tausend zu einem wachsen
und er ist gezeugt
um zu zeugen
damit Tausend in ihm leben

AUF DEN ERSTEN BLICK

Ich fühle Deinen Blick auf meiner Haut
und bin entflammt von Deiner Zärtlichkeit

Ich erlebe Deine Erfahrung
und bin munter von Deiner Akrobatik

Ich ahne Dein erfrischendes Kosen
und bin erfrischt von Deinem Verführungen

Ich vergöttere Deine Schönheit
und bin beflügelt von Deiner Leichtigkeit

Du kommst mir näher

DICH

Dich nie mehr reden zu hören
    ist für mich unvorstellbar
Dich nie mehr zu sehen
    ist für mich unvorstellbar
Dich nie mehr zu umarmen
    ist für mich unvorstellbar
Dich nie mehr vorstellen zu können
    ist für mich unvorstellbar

DU

überwiegend
überfliegend
über alles liebend

auf alles hören
in DU allem ruhen
in alles lauschen

SONST NICHTS

Nichts, außer Liebe zu Dir

Dort ist nichts, wo ich
Du Deiner Dir Dich schreibe
außer Sehnsucht und weißes Papier

## AUCH DAS MUSS

Eine Handbreit, es war meine
nicht zu viel über ihrer Taille
hörte Kleid und auch Moral
für diesen Urlaubstag auf

nicht auf Papa oder Mama
nur auf unsere Lust

TRAUM

nach dem Irrtum
aufrecht im Bett
Schnelligkeit gelungen auf See
gesehen in der Vision
vielleicht ein Versteck
geschlagen geht es weiter
ferner im Sattel
die Boten auf Pferden
dem Tage entgegen

# ABHÄNGIGKEIT

Haare hängen
Finger, Arme, Wimpern
Brüste hängen
Welche Aussage soll damit
gemacht werden
Vieles hängt von uns ab
*Packen wir's an*

EINEN WEG

Stiller Schmerz im Donnern und Wirbeln der
Trommeln, wenn Regentropfen des Sommers den
Schoß abkühlen, die Gedanken sich lösen, im
Meere sich einen, das Leben einen Weg vom
Alten zum Neuen gebärt, dann springen
Tausend Herzen im Jubel, dem frischen, vor Lust

PRÄRIE

Von unten glänzen die Schwingen der Vögel
Und ich ahne den Atem der Indianer
beim Blick in den Himmel und
beim Blick auf die grüne Prärie
Es streicht über und durch mein Haar wie Wind
Die Sehnsucht, die aus dem Herzen springt

SEHNSUCHT

Ich weiß nicht, wie lang Dein Lachen noch prickelt
Es ist wie Limonade im rotierenden Blut
Ob ich morgen noch eine Kiste trinke
Oder den Spaß auf Deinen Blubber verliere

Heute sehe ich auf jedes Etikett
Aber nirgendwo ist eine Werbung von Dir
Keine kann so das Lachen lachen wie Du
Oder verheißen *Mit mir ist das Leben so schön*

WEISS NICHT

Was war das, was ich sagte
War es Liebe
War es Spiel

Ist es so gut, bei Dir zu sein
Ist es Glück
Ist es Schmerz

Ich sage *JA*, ich sage *NEIN*
Ich weiß nicht, was ich sage
Ich bin und ver-sage

KEINEN RAUM

Kinderlachen bis zur nächsten
Straße, dann Motorlärm die
nächsten Häuserzeilen

Kinderlachen bis der nächste
schreit  *Weg hier, sonst ...*
dann Stille in den nächsten
Stunden, wenn Motorlärm die
nächsten Häuserzeilen

dann noch gelegentliches Kinderlachen
bis um vier
dann Soaps den ganzen Abend

# Inhalt